풍경, 시로 짓다

시와소금 시인선 170

풍경, 시로 짓다
ⓒ진명희, 2024. printed in Seoul, Korea

초판 1쇄 인쇄 2024년 08월 20일
초판 1쇄 발행 2024년 08월 25일
지은이 진명희
펴낸이 임세한
펴낸곳 시와소금
디자인 유재미 정지은

출판등록 2014년 1월 28일 제424호
발행처 강원 춘천시 충혼길20번길 4, 1층 (우24436)
편집·인쇄 주식회사 정문프린팅
전화 (033)251-1195 / 휴대폰 010-5211-1195
전자주소 sisogum@hanmail.net
ISBN 979-11-6325-080-7 03810

값 12,000원

충남문화관광재단
· 이 책은 충청남도 충남문화관광재단 창작지원금을 받아 발간했습니다.

시와소금 시인선 · 170

풍경, 시로 짓다

진명희 시집

시와소금

■ 진명희 시인

- 2000년 《조선문학》으로 문단 데뷔
- 제1시집 『하얀 침묵이 되어』 (2001)
- 제2시집 『강물은 머문 자리를 돌아보지 않는다』 (2004)
- 제3시집 『달빛, 홀로 서다』 (2010)
- 제4시집 『사람을 만나다』 (2015)
- 제5시집 『여정』 (2018년 충남문화관광재단 창작지원금 수혜)
- 제6시집 『고구마껍질에게 고함』 (2021)
- 제7시집 『이름빛깔』 (2021)
- 제8시집 『찰나』 (2022년 충남문화관광재단 창작지원금 수혜)
- 제9시집 『풍경, 시로 짓다』 (2024년 충남문화관광재단 창작지원금 수혜)

- 제5회 충남예술문화상(2002), 충남문협 작품상(2003), 조선문학 작품상(2004),
  충남예총지회장상(2006), 한국예총회장상—문학부문(2010), 충남시협 작품상(2011),
  제3회 매헌문학상(2015), 국제문학 올해의탑 작가상(2019), 충남펜문학상(2021),
  한국문학백년상(2022), 충남문협 대상(2023) 수상.

- 현) 한국문인협회, 국제계관시인연합한국본부 회원. 충남문협 부지회장.
  충남시협 사무총장, 충남펜문학 운영위원, 조선문인회 지도위원,
  계간문예 이사, 서안시문학회, 예산시협 사무국장으로 활동.

- 전자 주소 : mhjin21@hanmail.net

고립된 공간에서
오로지 나만 바라보고 싶었던
사치스러운 생각에 휩싸일 때면
때때로 훔치고 싶었던 고독,
그리하여 황홀하게 나를 닮은 시를
촘촘히 엮어보고 싶었습니다.
그리곤 긴 날 동안
기억하며 간직하고 싶었습니다.
영원히 지워지지 않을
아름다운 풍경 한 점
얹어서 말입니다.

2024 초록빛 더미에서
진명희

| 차례 CONTANTS

| 시인의 말 |

제1부 시간을 깁다

제2부 고독을 훔치다

제3부 바람은 길을 알고 있다

제4부 선유도에 가다

제 **1** 부

시간을 깁다

고택
─ 풍경 · 1

한옥 대청마루에서
돌아가신 어머니를 만난다

곱디고운 세모시 입으시고
따스하게 웃어주던

어머니,

하얀 고무신
눈물처럼 반짝이는데

어느새 내 곁에 앉아
함께 눈물짓는 이슬비

그리움
― 풍경 · 2

새벽부터 내리는 비
그칠 줄 모른다

빗물 주름 사이사이
밀려드는 그대 생각

그리움 접지 못하는
비 오는 날

시간을 깁다
— 풍경 · 3

땅속에 머리를 박고
컹컹거리는 진돗개를 본다

제 무덤을 파는 것인지
이미 삭정이가 되어버린 다른 동물을 본 것인지
아니면 잎도 피지 못하고 썩어버린 민들레의 뿌리를 본 것일까,
아, 어쩌면 어젯밤 비추다 남은 희미한 달빛을 보았는지 모른다

시계의 초침 소리를 들으며
발길을 재촉하는데
자꾸만 뒤돌아보는 발걸음이
시간을 깁는다

기적소리
― 풍경 · 4

미끄러지듯 다가서는
기적소리

잊었던 기억마저
깨운다

자꾸만 돋아나는
옛 생각

하지의 햇살이
꼬리를 문다

수국
— 풍경 · 5

고향 집 담벼락을
하얗게 덮었던 수국,
어린아이가 무슨 생각으로
꽃 이름에 취했을까

수국의 꽃 이름이
오랫동안 가슴에 도장처럼 찍혀
오십 년이 넘도록 잊지 못하고
고향 집 뜰을 맴돌고 있다

참새

― 풍경 · 6

돌아가신 엄마가
꿈에 오셨다

말없이 미소로만
쓰다듬어 주신다

엄마!
소리 내어 부르지도 못했다

이른 아침
눈을 뜨니

창밖 감나무에
참새 울음소리만 요란하다

새해 단상
— 풍경 · 7

나무의 실금 사이로 보이는
하늘빛이 곱다

줄지어 날아가는
새들이 궁금해지는 아침

바람은
거리에 옹기종기 모여들고

사람들은 저마다
따뜻한 소망 하나씩 품는다

어제인 듯
다가서는 오늘

오늘인 듯
다시 맞이할 내일

꽃비
— 풍경 · 8

꽃이 진다고
서러워 말자

꽃잎 떨어진 자리에
잎이 돋는다

아낌없이 주는 선물
그저 고마울 뿐

바람 따라 흩날리는
꽃잎, 꽃잎들

호박꽃
― 풍경 · 9

언제쯤 자신을 드러낼까
수줍은 것은 아닌데
자꾸만 숨어든다

꽃이 될 수 없는
꽃

이름값 치르느라
한바탕 제대로 웃어보지도 못하고
한평생 살았다

꽃이 지다
— 풍경 · 10

꽃 빛이 거무스레하다
물을 먹여 보지만 미동도 없다

아침마다 반겨주던 모습도
이젠 그리움의 이름이다

시들어진 꽃잎이
엄마가 돌아가신 날의 하늘을 닮았다

오늘은 하늘도 울상이다
곧 울음을 터트릴 것 같다

대화
― 풍경 · 11

노부부가
밭에서 일을 하신다

―같은 밭인디
등 굽은 할머니 파를 솎아낸다

-자슥들두 그렇잖여
묵묵히 괭이질을 하시는 할아버지

―막내딸 집에 온다네유
한 움큼 다듬은 파를 소쿠리에 담으신다

바람 한 줄기
휙 지나간다

벚꽃
— 풍경 · 12

화사한 꽃잎들
성급한 봄바람에
하르르 떨어졌다

성미 급하셨던 아버지
봄바람의 꽃잎처럼
먼 길 떠나셨다

두부
— 풍경 · 13

형체를 잃어가는 것이
아픈 일만은 아니다

눌리고 비틀어지는 고통이
슬픔만도 아니다

새로운 이름으로
반듯하게 태어나

다시금 맛보는
또 하나의 기쁨

소식
— 풍경 · 14

별이 되었다는
친구의 비보

슬픔을 맞이하는 일이
아직은 서툰데

익숙한 일이 될까 봐
덜컥 겁이 난다

손금
— 풍경 · 15

빤히 올려다보는
어지러운 선線과
작고도 희미한 선線에게까지
힘찬 위로를 건넨다

엄마 생각
— 풍경 · 16

어시장에서 팔딱이는
대구를 본다

팔뚝보다 더 큼직한
낯익은 생선

문득 떠오르는
엄마의 얼굴

'나는 생선 중에서 대구가 제일 맛있더라'

파도처럼 밀려드는
엄마의 목소리

들릴 듯
말듯

바다 냄새에
번지는 엄마의 미소

보일 듯
말듯

다육이
— 풍경 · 17

순하고
착한 아이들,

먹을 것을 자주 주지 않아도
보채는 일 없고

이삼일 집을 비워도
응석 부리며 찾는 일 없다

올망졸망 커 가는 모습
아들딸 어릴 적 닮았다

세월
— 풍경 · 18

세월이란 글자를 놓고
시간이라 읽는다

시간을 쪼개어 보니
날줄과 씨줄로 엮어진 순간들,

꽃이 피고 지고
겨울이 가고 봄이 오듯

아침을 빚고
저녁을 잠재운 세월은

오늘도 자기만의 무게로
시간을 엮는다

말동무
— 풍경 · 19

길모퉁이에
늘 앉아계시는 할머니

힐끔 바라보곤 그냥 지나칠 뿐,
선뜻 다가서지 못했다

양지바른 자리에 앉아 빛살을 세며
시간을 지워가는 할머니,

두세 발짝 다가서는데
꽤 오랜 시간이 걸렸다

—햇볕이 따스하죠?
흠칫 놀라며 고개를 끄덕인다

낯선 사람의 인사가

할머니도 버겁긴 마찬가지

내민 할머니의 작은 손안에
빠알간 곶감 하나

울컥,
눈물 흘릴 뻔했다

사골
― 풍경 · 20

엄마의 초유를 닮은
걸쭉한 국물

쪽쪽 빨아당기는
아가의 입술

펄펄 끓고 있는
생명수

제 **2** 부

고독을 훔치다

우산
— 풍경 · 21

우주가
펼쳐졌다

줄지어 선
빗살들이
한꺼번에
우우우 일어선다

솟구치는 욕망
가슴으로는 다 받을 수 없어
그저 빗줄기로
흘려보낼 뿐

고독을 훔치다
— 풍경 · 22

창밖의 세상은
떠들썩하고
발걸음들은 흩날린다

창문을 굳게 닫고
고요 속에 깃든
생명을 다독인다

비 오는 날
— 풍경 · 23

바람은 비를 안고
속삭이며 걷는다
밤새 날아 온 차가운
눈물처럼 거기,
말없이 서 있는 은행나무
마주 선 자리조차 아득하여
자꾸만 뒤돌아보는데
이 바람 줄기를 어이할까!
온몸으로 파고드는
한기

볼펜
— 풍경 · 24

주인님께 복종할 뿐
오로지 제 뜻은 없지요

맘대로 휘두르세요!

다만 부서져 새겨진 제 살덩이는
오랫동안 기억해 주세요

자동차
— 풍경 · 25

매일매일
너를 힘들게 한다

뜨거운 아스팔트 위를
사정없이 굴리고
따가운 햇빛 아래
홀로 세워 두었다

배부르게 먹여도
돌아서면 배고프다는
너의 투정을 눈 흘기며
원망했다

요양보호사 실습 간 날,
마주칠 때마다
밥 달라는 치매 할머니의
목소리를 닮았다.

선풍기
— 풍경 · 26

빙글빙글
돈다

세상도 빙글빙글
어지럽다

눈도, 몸도
불치병이다

소나무
— 풍경 · 27

침묵한다는 것이
쉬운 일은 아니지

한곳에 머문다는 것이
결코 좋은 일만은 아닐 거야

오늘도
말없이

이십 년째
같은 미용실의 문을 두드린다

마우스
— 풍경 · 28

어지러운
세상이다

이리저리
움직이다 보면

별꼴을
다 본다

기가 막힌
세상이다

소나기
— 풍경 · 29

바람처럼 스쳐 가는
인연은 싫어요

오랫동안 머무르는
사랑이면 좋겠어요

산소

― 풍경 · 30

애초에
죽음은 없었다

살다가 힘이 들면
잠시 쉬어가라고

바람이 노래하는 뒷동산에
휴식처를 만들었을 뿐,

누웠다가 다시 일어날 수 있도록
둥글고도 높은 봉분을 쌓았을 뿐

찻집
― 풍경 · 31

골목골목

어귀마다

찻집이다

만날 사람이 많다는 건 넘치는 사랑일까!

차를 마시는 일이 많다는 것은

고뇌 속에 빠진 나를 건지는 일일까, 어쩌면

쓸쓸한 너의 빈 자리를 채우는 것인지도 모른다

숲의 새
— 풍경 · 32

숲으로
날아든 새는
숲에서
집을 짓고

바람으로
가득 찬 숲길에
새끼를
낳아 기른다

자연에
답하듯

후회
— 풍경 · 33

꼭대기에 올라서야
보이는 풍경

멀리 떠난 후에야
보이기 시작하는

너의
웃음

잠 못 드는 밤
― 풍경 · 34

문득 찾아든 고독은
심야의 고요를 한입에 삼킨 채
떡갈나무 검은 숲으로 들어서고

노란 달빛은 몸을 움츠려
구름 속으로 파고든다

까만 세상에 여리게 빚어진 별빛
별빛은 자박자박 몸을 사르지만
여전히 어둠을 쫓지 못한다

나이
— 풍경 · 35

여럿 날 병원에 다녀보니
마음 귀퉁이마다 생채기가 났다

몸의 통증보다 더
선명해지는 아픔

세월을 되짚어 보며
나이를 셈해 본다

석양이 잠시
발걸음을 멈춘다

반추
— 풍경 · 36

채우려고 하지 마
마음만 고달파져

스승님이
하셨던 말씀,

그렇다고 다 비울 수도 없잖아
적당히 남겨놓아야지

물속에서
흔들리는 나를 본다

시계
— 풍경 · 37

한순간도

멈추지 않고

묵묵히 일하는

너의 노고에

경의를 표한다

소리
— 풍경 · 38

눈 내리는
소리

세상과 하나 되는
찰나,

주렁주렁
매달린 고뇌가

유성처럼 떨어지는
소리

잠
― 풍경 · 39

어둠에
빠진 세상

잠은

씻어낸 시간을
새로이 엮어내는

장엄한
의식

스카치테이프의 사랑
― 풍경 · 40

한번 붙으면
떨어질 줄 몰라

귀퉁이 돌돌 말려
흉한 모습 드러나고

진이 다 풀려
끈적끈적 보채도

떨어질 줄 몰라

제 **3** 부

바람은 길을
알고 있다

오늘
— 풍경 · 41

선물처럼
왔다

망설임 없이
설렘도 없이

덥석
안았다

바람은 길을 알고 있다
— 풍경 · 42

말없이
차를 마시는 두 사람

식어가는 찻잔처럼
점점 옅어져 가는 눈빛을 본다

침묵은 이어지고
불빛은 마냥 흔들리는데

나란히 들어서는 연인들의 웃음이
찻집 여기저기에 자리를 잡는다

문을 나서는 두 사람
손 인사를 한다

바람 한 줄기

휙! 들이친다

바람은 가야 할 길을
알고 있는 듯

꿈
― 풍경 · 43

노래를 들으며
컴퓨터 자판을 두드려 시를 쓴다
노래 음절처럼 콕콕 찍히는 글자들
노래를 닮아가는 시어들이
나폴나폴 나비처럼 춤을 춘다

저 산 너머 아름다운 세상이
있을 것이라는 꿈을 안고
너른 들판을 가로질러
몸이 찢기는 것도 모른 채
날개를 돋워 힘차게 난다

자판기가
점점 뜨거워진다

봄비

— 풍경 · 44

서서 우는 봄비

산마루를 서성이는 구름

지붕 아래 기웃거리는 바람,

얼었던 산맥 녹아내리고

비는 하염없이 흘러내리고

다이어리
— 풍경 · 45

빈틈없이
빼곡하다

빨간색 숫자에도
글씨들이 매달려 있다

매일매일 숨차게
곡예를 하고

어쩌다 텅 빈 칸에
대자로 누워 본다

우산
— 풍경 · 46

바람은
구름을 모아
비를 뿌린다

비는
싹을 돋우고
꽃망울을 터트린다

꽃 속에서
웃고 있는
형형색색의 우산들

펼쳐진 작은
우주에서
또 다른 세상을 본다

낙조

— 풍경 · 47

하루 종일 빛났던 태양은
오후 여섯 시를 안고 물속으로 빠져든다.
붉은색으로 흥건한 물은 몇 번을 출렁이다 이내 잠잠하다
바람처럼 왔다가 간 너에게 또다시 찬란한 내일을 빈다

선인장
― 풍경 · 48

살아온 날 여며보면
자꾸만 눈물자국으로만 번진다

살아갈 날 슬며시 훔쳐보면
세상엔 온통 떨림의 소리뿐,

쉬지 않고 흐르는 눈물 강 같은 여정에
사막의 햇살 보듬어 꽃을 피웠다

푸른 하늘을 연모한
따사로운 꽃 한 송이

휴대폰
— 풍경 · 49

언제나
함께 한다

동행하다 못해
복종까지 한다

복종과 순종 사이에
시선을 꽂는다

호접란
― 풍경 · 50

호접란이
꽃대를 올렸다

더디게 더디게
피어올라

고요한 기다림을
가르쳐주는 꽃

긴 날
사랑에 잠긴다

배터리
— 풍경 · 51

자동차 시동이
걸리지 않는다
배터리가 다 됐단다

새것으로 바꿨더니
힘 있는 소리로
산뜻하게 움직인다

용기 없고 힘 빠진
나의 배터리도
새것으로 바꾸고 싶다

기다림
― 풍경 · 52

버려진 가구에
새 한 마리 갇혀 있다
삐걱거리는 문을
살며시 열어 주니
잽싸게 날아간다

한 번쯤 돌아보려나
우두커니 서서
바라보지만
정월 댓바람만 세차게
얼굴을 때린다

인사

— 풍경 · 53

산등성이를 넘어가며
인사하는 저녁

오늘 밤도
안녕을 빈다

달빛을 쓰다듬으며
별을 품는 밤

나이
— 풍경 · 54

소나무의
등이 휜 것은
찬바람에 날린
눈송이 때문인 것을

머리카락이 희끗희끗하고서야
알아차렸다

휴식
— 풍경 · 55

매끄럽게 쓰지 못하는
나의 버킷리스트

폴짝거렸던 걸음은
이내 멈추고 만다

스무 칸도 못 채우고
연필을 놓는다

옅어지고 식어버린
열정

작아지고 가벼워진
소망

빛바래고 희미해진

꿈들이

잠시 쉬어가라고
자리를 내어 준다

걷는다는 것
— 풍경 · 56

두 다리를 세우고
걷는다

덩달아 휘젓는
두 팔

두 눈도 길을 찾느라
바쁘다

산책 나온 강아지
네 다리로 걷는다

두 다리의 주인과
나란히 걷는다

걷는다는 것은
함께 길을 접는 일

낙화落花
— 풍경 · 57

사십년지기 벗이
이승을 떠나고

슬픔이라
이름 지을 겨를도 없이

선운사 동백꽃은
툭! 떨어지고

2월에
— 풍경 · 58

남녘엔 매화가 피었다는데
강원도엔 폭설이 내리고
충청도엔 비가 내린다

옆집 강아지가
새끼를 낳았는데
모습이 제각각이다

빗길에 걸어가는
사람들의 우산 색도
가지각색이다

만병통치
— 풍경 · 59

바람 불고 비 내리는 날에
드라마 최종회를 본다

매회 마다 빗물처럼 쏟아졌던
주인공의 눈물이 멈추었다

엇갈린 관계의 매듭이
강물 흐르듯 술술 풀리고

나을 기미 없었던 아픔마저
반짝, 햇살로 피어난다

드라마 최종회는
만병통치다

겨울바람
— 풍경 · 60

겨울은
아프고 길었습니다

하루해는
밝았고 짧았습니다

산등성이
갈대는 지금도 흔들립니다

제 **4** 부

선유도에 가다

비, 오는 날

― 풍경 · 61

바람은 구름을 모아
비를 뿌린다

비는 땅을 적시고
눈[目]을 적신다

젖은 땅에 싹이 돋고
꽃망울이 맺힌다

울다가 웃고
웃다가 우는

비
오는 날

봄
— 풍경 · 62

시냇물은
바람을 돌돌 말아
흐르기 시작하고

억새들은
시린 발로 서서
춤사위를 벌인다

들판
— 풍경 · 63

넘실대는
초록 세상

벼들이 바람을 안고
청춘을 사른다

알곡을 꿈꾸는
소망 하나 부여잡고

여문 바람을
안는다

개나리
― 풍경 · 64

주저리주저리

꽃봉오리 매달고 오느라

소란한 발자국

하늘하늘

춤추는 날개 사이사이

땀방울 맺혔다

선유도에 가다
― 풍경 · 65

추억을 사러 왔어요
값은 절대 흥정하지 않을게요

덤도 바라지 않아요
그냥 기분 좋게 팔아 주세요

혹시라도 덤이 있다면
웃음 한 줌만 주세요

대신 노을빛 한줄기 추억은
살짝 놓고 갈게요

사과
— 풍경 · 66

껍질 속
하얀 속살

속살을 탐닉하는
빨간 입술들

이름 모를 새들도
덩달아 지지대고

토라지듯 돌아서는
석양빛

봄볕
― 풍경 · 67

하루가
쥐꼬리만 하다

산바람 타고 내려온 구름도
잠시 길을 접는다

봄볕은 식어가고
노을은 점점 익어가는데

아침보다 더 내민
목련의 입술

백일홍
— 풍경 · 68

알록달록
예쁘다

고만고만하게 자라
정답게 속삭이며

백 일 동안
말갛게 웃는다

백일을
하루처럼

부대끼며
살고 있다

호박
― 풍경 · 69

매끈한 껍질 속에
노란 속살로
꽃처럼 단장하고

햇살을 안은 채
둥글게 둥글게
피어나는 미소

오솔길
— 풍경 · 70

떡갈나무 이파리들
온몸으로 반긴다

청아한
시냇물 소리

새들은 나뭇가지에
집을 짓는다

구름도
기웃거리는

정겨운
길이다

밤송이
— 풍경 · 71

밤새
몰아치던 비바람에

온
힘을 다해

가시울타리를
쳤다

까맣게
올망졸망

반짝이는
세 개의 눈

생채기
— 풍경 · 72

손가락에 생채기가 났다
방울방울 피가 흐른다

동백꽃 같은
핏방울이 뚝뚝 떨어진다

연꽃축제
— 풍경 · 73

연꽃보다 더
환한 웃음이
넘친다

밤새 내린
빗방울도
떠나지 못하고

연잎 위에서
발걸음을
돌돌 말고 있다

눈[雪]

― 풍경 · 74

눈부신 버선발로
사뿐히 오셨네요

곱디고운 모습으로
하얀 세상 만드셨네요

바다
― 풍경 · 75

바람의 곡조에 맞추어
부르는 파도의 노래

잔잔한 수면 위에
노을은 꽃처럼 피어나고

수줍게 마중 나온 동백은
석양보다 붉다

꽃샘바람
— 풍경 · 76

꽃들이
지천에
피어나기
시작하는데

칼날처럼
내리꽂는
바람의
사랑법

빗소리
― 풍경 · 77

창문을 긁어대는
빗줄기

빗소리에 화들짝 놀란
나무와 풀잎처럼

잠자다 일어난 나도
심장이 뛴다

심장이 뛰는 걸 보니
아직 살아있음이 분명하다

눈 오는 날
— 풍경 · 78

아이,
좋아라

편지처럼
반갑다

또박또박
천천히 읽고 싶은데

단숨에
움직이는 눈目길

자꾸만 쳐다보는
하늘

동백꽃
— 풍경 · 79

눈썰매타는

어린아이 얼굴처럼

빨갛게 익었다

낙엽
— 풍경 · 80

떨어지는 것은 무섭지 않아
다만 밟혀 부서질까 두려운 거지

외면당하는 것은 견딜만해
하지만 네 기억 속에
지워지는 것은 무서운 일이지

봄이 오면 잎은 다시 돋아나겠지만
이 가을의 낙엽은 아니겠지

나이가 들면 두려움이 많아져
든든한 버팀목을 찾게 되고
기댈 어깨를 찾아 기웃거리게 되지

긍정의 시간,
그리움의 시간

박 해 림

(시인, 문학평론가)

긍정의 시간, 그리움의 시간

박 해 림

(시인, 문학평론가)

1. 그리움 그리고 기억

진명희의 시는 그 어떤 장치나 굴절 없이 자신과 정면으로 마주하면서 내면의 세계를 특화하는 힘을 가졌다. 그 어떤 감정의 이입일지라도 가감 없이 객관화한다. 군더더기가 없다. 간결하고 명료하면서 대상에 따라 특별한 공간을 만들어 내는 개성적 감성이 굴절 없이 특장을 이룬다. 시인만의 강한 서사적 요소가 만들어 내는 주관적 정서가 때론 감정에 치우칠 수 있을 것이나 그렇지 않다. 자신이 펼쳐낸 세계 또는 자신에게 펼쳐진 세계를 잘 버무리면서 대상과 시적 자아와의 거리를 객관화하는 것이 그러하다. 서정적 자아가 펼쳐낸 세계는 그 어느 부분에 국한한 것이 아니라는 것이다. 시적 대상과 공간이 자아와의 합일을 이루는 동시에 시편 곳곳에 장치된 감정 그리고 세계와 자아 동일화를 이루고 있기 때문이며, 시인이 마주한 삶의 주변적 요소와의 내적 상호작용을 동시적으로 이루어 내는 「풍경」 시편이 주는 미덕이 여기에 있기 때문이다. 적극적인 세계 인식이란 대상에게 적극적으로 한 발 더 가까이 다가가는 것에 있음을 시인은 잘 보여주고 있다.

그의 작품을 크게 세 가지로 구분할 수 있는데 그 첫 번째로 가족과 나에 관한 시편이며, 그 두 번째는 꽃과 식물에 관한 시편이라 할 수 있으며, 그 세 번째로는 삶과 자연과 현실을 통한 시편으로 나뉠 수 있다. 우선 '가족과 나에 관한 시편'을 살펴본다.

한옥 대청마루에서
돌아가신 어머니를 만난다

곱디고운 세모시 입으시고
따스하게 웃어주던

어머니,

하얀 고무신
눈물처럼 반짝이는데

어느새 내 곁에 앉아
함께 눈물짓는 이슬비

— 「고택 —풍경 · 1」 전문

새벽부터 내리는 비
그칠 줄 모른다

빗물 주름 사이사이
밀려드는 그대 생각

그리움 접지 못하는
비 오는 날

— 「그리움 —풍경 · 2」 전문

돌아가신 엄마가
꿈에 오셨다

말없이 미소로만
쓰다듬어 주신다

엄마!
소리 내어 부르지도 못했다

이른 아침
눈을 뜨니

창밖 감나무에
참새 울음소리만 요란하다

— 「참새 -풍경 · 6」 전문

화사한 꽃잎들
성급한 봄바람에
하르르 떨어졌다

성미 급하셨던 아버지
봄바람의 꽃잎처럼
먼 길 떠나셨다

— 「벚꽃 —풍경 · 12」 전문

시간은 누구에게나 있고 누구에게나 없다. 대상을 통해 깊이와 넓이 그리고 무게를 통해 판단할 수 없기 때문이며 눈에 보이지도 않고 만져지지도 않기 때문이다. 무엇보다 인간이 능동적으로 감지할 기초적 단서조차 없다. 무형의, 추상의, 막연하나 그 어떤 실체처럼 여겨 수시로 감지할 뿐이다. 시계나 달력이 그나마 조력자 역할에 약간의 도움이 될 뿐이다. 그리하여 인간은 매 순간 오감을 동원하여 현실에 적용, 구체화하는 것에 애를 써야 하는 것이다. 가족의 경우 그 범위가 정해져 있기에 오감을 통한 삶의 깊이와 넓이와 감정과 기억이 각각의 역할을 하면서 구성원의 정체성에 있어 현실 인식은 생태적일 수밖에 없다. 「고택 —풍경 · 1」, 「그리움 —풍경 · 2」, 「참새 —풍경 · 6」이 돌아가신 어머니를 펼쳐내었다면 작품 「벚꽃 —풍경 · 12」에서는 역시 돌아가신 아버지를 떠올리는 것이 그렇다. '화사한 꽃잎들/ 성급한 봄바람에/ 하르르/ 떨어졌다//

성미 급하셨던 아버지/ 봄바람에 꽃잎처럼/ 먼 길 떠나셨다' 의 짧은 시에서 만나는 시간과 공간의 설정 역시 시인에게 체화된 듯하다.

앞의 세 편에서 '한옥 대청마루'가 생전의 배경이나 '곱디고 운 세모시 입으시고/ 따스하게 웃어주던' 그 어머니는 곧 '어느새 내 곁에 앉아/ 함께 눈물짓는 이슬비'가 되고 '새벽부터 내리는 비/ 그칠 줄 모른다/ 빗물 주름 사이사이/ 밀려드는 그대 생각// 그리움 접지 못하는/ 비 오는 날'에 보고 싶은 대상인 슬픈 어머니를 겹쳐놓을 수밖에 없음을 확인하였다면, 아래의 「벚꽃 −풍경・12」에서 그리움은 아버지의 부재가 만들어 내는 또 다른 슬픔으로 더 확장을 이루고 있다는 것을 본다.

어시장에서 팔딱이는
대구를 본다

팔뚝보다 더 큼직한
낯익은 생선

문득 떠오르는
엄마의 얼굴

'나는 생선 중에서 대구가 제일 맛있더라'

파도처럼 밀려드는
엄마의 목소리

들릴 듯
말듯

바다 냄새에
번지는 엄마의 미소

보일 듯
말듯

—「엄마 생각 −풍경 · 15」전문

고향 집 담벼락을
하얗게 덮었던 수국,
어린아이가 무슨 생각으로
꽃 이름에 취했을까

수국의 꽃 이름이
오랫동안 가슴에 도장처럼 찍혀
오십 년이 넘도록 잊지 못하고
고향 집 뜰을 맴돌고 있다

― 「수국 ―풍경 · 5」 전문

  시인에게 그리움은 여러 형태를 이루고 있는데 그 중 '목소리'는 또 다른 감정을 유발하며 불쑥 과거의 시간으로 진입하게 한다. 세상에서 엄마의 목소리만큼 정확하고 단단한, 그 무엇도 가로막지 못할 한순간이 만든 그리움이라는 진입로가 있을까.

  '어시장에서 팔딱이는/ 대구를 본다// 팔뚝보다 더 큼직한/ 낯익은 생선// 문득 떠오르는/ 엄마의 얼굴// '나는 생선 중에서 대구가 제일 맛있더라' // 파도처럼 밀려드는/ 엄마의 목소리/ 들릴 듯/ 말듯// 바다 냄새에/ 번지는 엄마의 미소// 보일 듯/ 말듯' 에서 느닷없는 큰 소용돌이를 만나는 시인을 만난다.

  '어시장의 풍경' 에서 갑자기 엄마의 목소리가 들리는가 하는데 곧 세찬 '파도' 처럼 한순간에 쑥 밀려드는 것이다. 뒤이어 펼쳐지는 세상은 뜻밖의 풍경이다. '바다 냄새에/ 번지는 엄

마의 미소'가 그것이다. 그 미소는 '보일 듯/ 말듯' 한 아련한
감정의 여운을 가져오고 뒤이어 엄마에 대한 그리움이 증폭되
는 것과 정면으로 마주한다. 언제나 그리운 존재이면서 언제나
보고 싶은 존재인 '어머니', 사실 어머니는 여전히 삶의 곳곳
에 있는 듯 없는 듯 스며있거나 오래된 나무처럼 애초 제 자리
를 한 번도 떠난 적이 없는지도 모른다. 눈에 보이지 않으나 늘
그 자리에 지키며, 귀에 들리지 않으나 늘 귓전에서 여전히 말
을 걸고 있는지도 모를 일이다. 시인은 작품 「수국 —풍경·5」
을 통해 마음 깊이 옮겨 앉은 그때의 시간과 그때의 대상과 감
정이 내면 깊이 장착되어 있음을 문득 깨닫는다. '고향집 담벼
락을/ 하얗게 덮었던 수국,/ 어린아이가 무슨 생각으로/ 꽃 이
름에 취했을까// 수국의 꽃 이름이/ 오랫동안 가슴에 도장처럼
찍혀/ 오십 년이 넘도록 잊지 못하고/ 고향집 뜰을 맴돌고 있
다'의 작품 '수국'을 통해 그것을 재차 확인할 수 있다.

노부부가
밭에서 일을 하신다

-같은 밭인디
등 굽은 할머니 파를 솎아낸다

-자슥들두 그렇잖여
묵묵히 괭이질을 하시는 할아버지

-막내딸 집에 온다네유
한 움큼 다듬은 파를 소쿠리에 담으신다

바람 한 줄기
휙 지나간다

— 「대화 -풍경 · 11」 전문

빤히 올려다보는
어지러운 선線과
작고도 희미한 선線에게까지
힘찬 위로를 건넨다

— 「손금 -풍경 · 16」 전문

엄마의 초유를 닮은
걸쭉한 국물

쪽쪽 빨아당기는
아가의 입술

펄펄 끓고 있는
생명수

―「사골 ―풍경 · 19」 전문

길모퉁이에
늘 앉아계시는 할머니

힐끔 바라보곤 그냥 지나칠 뿐,
선뜻 다가서지 못했다

양지바른 자리에 앉아 빛살을 세며
시간을 지워가는 할머니,

두세 발짝 다가서는데
꽤 오랜 시간이 걸렸다

–햇볕이 따스하죠?
흠칫 놀라며 고개를 끄덕인다

낯선 사람의 인사가
할머니도 버겁긴 마찬가지

내민 할머니의 작은 손안에
빠알간 곶감 하나

울컥,
눈물 흘릴 뻔했다

— 「말동무 –풍경·20」 전문

  밭농사를 짓는 어느 노부부의 일상 풍경이 매우 사실적으로
다가오는 「대화 –풍경·11」은 그 분위기가 익숙하다 못해 친
근하다. 아니, 친근하다 못해 바로 옆에서, 매일 우리가 만나
는 일상인 듯하다. 예전에도 크게 다를 바 없었다고는 하나 이
즈음도 농촌의 풍경이 거의 이럴 것이라고 고개를 끄덕이게 한
다. 전혀 낯설지 않은 것이다. 간결하고도 매우 함축적으로 이
야기를 펼쳐놓은 시인의 의도 역시 낯익다는 것에 주목하게 한
다. 익숙하고도 매우 신선한, 아니 신선하다 못해 한편의 짧은
단막극이 막 시작되고 있다는 느낌마저 들게 하는 것이다. 왜

일까? 그것은 머지않은 과거 농촌의 일상이 오늘의 삶과 현실을 여전히 장악하고 있다는 것을 인상적으로 드러내어서이다. 짧은 한 편의 시를 통해 간결하고 재치 있는, 오히려 강한 상징성마저 드러냄으로써 이 시의 무게감을 느끼게 한다. 노부부가 어른이 된 자식들을 여전히 걱정하는 모습 또한 익숙하다. 그 부피와 높이가 다르다는 것을 파를 솎는 행위를 통해 능청으로 처리한 시인의 재치가 돋보이는 부분이다. 자식들은 제각각 열심히 살고 있으나 그 경제적 무게가 또한 제각각임을 알고 있는 부모는 여전히 마음에 쓰일 수밖에 없다. 밭에서 똑같이 파종하고 물을 주면서 영양분까지 고루 뿌려 키워낸 씨앗들이 같은 성장의 결과를 가져오지 않는다는 것을 농사를 지으면서 너무도 잘 알기 때문이다.

2. 시간, 꽃과 그리고 그리움

꽃 빛이 거무스레하다
물을 먹여 보지만 미동도 없다

아침마다 반겨주던 모습도

이젠 그리움의 이름이다

시들어진 꽃잎이
엄마가 돌아가신 날의 하늘을 닮았다

오늘은 하늘도 울상이다
곧 울음을 터트릴 것 같다

— 「꽃이 지다 —풍경 · 10」 전문

　시인은 지금 꽃과 마주하고 있다. 한동안 피어 있던, 이젠 시
들어 버린 꽃이다. 이전과 이후의, 낯선 시간적 상황이다. 한동
안 피어 있던 시간. 어머니와 함께였던 그 시간이 눈앞이 펼쳐
진다. 곧 한발 다가가서 그때와 다르게 '꽃 빛이 거무스레' 해
져 버렸다는 것을 확인하는 순간 어머니에게 한 발 더 다가가
고 있음을 본다. 그것은 견딜 수 없는 이제는 다시 만날 수 없
는 돌아가신 어머니에 대한 강한 그리움의 의식적 행위이다. 시
든 잎에 '물을 먹여 보'는 행위가 그렇다. 시인이 시든 꽃잎에
물을 먹이는 행위가 이미 시든, 꺼져가는 생명을 되돌리고자 하
는 적극적이고도 능동의 행위인 동시에 그것이 함의하는 그리

움의 반사적 행위이다. 결코 되돌릴 수 없음을 전제하는 또 다른 의미의 반사적 행위는 무엇보다 생명 이전과 이후가 동시적으로 재현됨으로써 힘을 얻게 된다는 것을 보여준다. 시인이 시든 꽃잎에 물을 주는 반사적인 행위를 선뜻 하는 행위가 그러하며 동시적으로 발현하는 생명의 진한 갈구는 돌아가신 어머니에게서 온 것임을 여실히 느끼게 한다. 생생하게 피어 있던 꽃잎은 오래 '아침마다 반겨주던' 살아 있는 어머니의 모습이었고, '시들어진 꽃잎'은 '이젠 그리움의 이름'으로만 남아버린 돌아가신 어머니다. 어머니를 여읜 상실의 아픔은 시든 꽃잎이라는 대상이 '너'에게서 '나'에게 이입되고 있다는 것을 말하고 싶은 것이다. '엄마가 돌아가신 날의 하늘'과 동일시하면서 시의 확장을 이루고 있음이 그렇다. 이렇듯 대상이 '너'에게서 '나'에게로 이입되며 객관화를 이루고 '생명'과 '그리움'이 시간의 결을 따라서 펼쳐지는 것을 시인은 태연히 아무렇지 않게 마치 제 고향집 뜰인 양 들여다보고 있다. '오늘은 하늘도 울상이다/ 곧 울음을 터트릴 것 같다'의 구절처럼 시인 역시 울음을 삼키고 있는 것을 엿볼 수 있다.

꽃이 진다고
서러워 말자

꽃잎 떨어진 자리에
잎이 돋는다

아낌없이 주는 선물
그저 고마울 뿐

바람 따라 흩날리는
꽃잎, 꽃잎들

— 「꽃비 —풍경 · 8」 전문

순하고
착한 아이들

먹을 것을 자주 주지 않아도
보채는 일이 없고

이삼일 집을 비워도
응석 부리며 찾는 일 없다

올망졸망 커 가는 모습

아들딸 어릴 적 닮았다

— 「다육이 −풍경 · 17」 전문

살아온 날 여며보면
자꾸만 눈물자국으로만 번진다

살아갈 날 슬며시 훔쳐보면
세상엔 온통 떨림의 소리뿐,

쉬지 않고 흐르는 눈물 강 같은 여정에
사막의 햇살 보듬어 꽃을 피웠다

푸른 하늘을 연모한
따사로운 꽃 한 송이

— 「선인장 −풍경 · 48」 전문

알록달록
예쁘다

고만고만하게 자라
정답게 속삭이며

백 일 동안
말갛게 웃는다

백일을
하루처럼

부대끼며
살고 있다

— 「백일홍 −풍경 · 67」 전문

　시인이 함께 있는 '꽃'의 시편은 마치 일상인 듯 넝쿨처럼 눈앞에 어우러져 있다. 그것은 현재와 과거와 미래의 시간이 따로 분리되지 않은 듯하다. 어쩌면 그것은 기회가 주어진다면 언제든 현재가 될 준비가 되어 있는 듯 여겨진다. 그것은 시인에게 내재한 지난 시간이, 그때의 일상이 지금의 시간에 가감 없이 이입되었기 때문이며, 거침없이 시공간을 관통하는 서정적 자아의 행보가 함께 하기 때문이다. 꽃이 지는 것이 서러울 수 있다는 것은 시인의 정서적 감응이 작동한 탓이긴 하나 모두가 그런 것은 아니다. 지극히 현실적인 관점과 자연적 이치로 인한 현상임으로 일반적 반응에 평범하게 받아들이기도 한다. 개인에 따라 그 개인의 정서적 감응에 따라 약간의 편차가 주어질 수는 있겠으나 시인이 만나는 섬세한 시적 감응의 감성으로 인해 시차를 뛰어넘는 서정적 자아와 만날 수 있는 것이다.

작품 '다육이' 역시 그 연장으로 볼 수 있다. '순하고/ 착한 아이들,// 먹을 것을 자주 주지 않아도/ 보채는 일 없고// 이삼일 집을 비워도/ 응석 부리며 찾는 일 없다// 올망졸망 커 가는 모습/ 아들딸 어릴 적 닮았다'에서 만날 수 있는 서정적 자아의 온기는 시인만의 감응일 것이다. '다육이'라는 식물을 곧바로 '순하고 착한 아이들'로 의인화하고 있다는 것이 그것을 뒷받침한다. 그 어떤 외적 장치도 필요 없고 너스레를 떨 필요 없는 대상과 시인의 만남은 곧 시인의 일상으로 진입하면서 아주 자연스럽고도 특별한 관계를 맺는 것이다. '다육이'는 순하고 착해서 '먹을 것'에 소홀히 하거나 집을 비우면 '응석'을 부릴만한데 그렇지 않다고 시인은 너스레를 떤다. 곧 시인은 '다육이'에게 한 걸음 더 다가간다. '올망졸망 커 는 어릴 적 아들딸'로 인식한 순간 '다육이'가 마치 피붙이라도 된 양 따듯한 시선으로 바라보는 시인만이 온기가 확장되고 있음을 알 수 있다.

그러나 작품 '선인장'에서는 감흥이 남다르다. 선인장을 마주하면서 문득 되돌아본 과거의 어느 시점에 시인은 멈춰 선다. '살아온 날 여며보면/ 자꾸만 눈물자국으로만 번진다// 살아갈 날 슬며시 훔쳐보면/ 세상엔 온통 떨림의 소리뿐,// 쉬지 않고 흐르는 눈물 강 같은 여정에/ 사막의 햇살 보듬어 꽃을 피웠다/ 푸른 하늘을 연모한 따사로운 꽃 한 송이'가 함의하는 삶의 여정을 짐작해 본다. 과거 질곡의 시대를 거쳐온 사람들 대부분은 제 앞에 놓였던 길을 잊기 어렵다. 아니, 잊을 수 없다. 그 시대, 각자가 걷는 그 길은 대부분 모래였을 것이고 흙먼지 이는 길이었으며, 때론 진흙의 길이었다.

우리 부모 세대가 그러하고 그 아래 세대 역시 크게 나아지지 않은 시절이었으므로 제각각의 사정과 사연이 이 땅에 수없는 지형도를 만들어 내었음을 여전히 기억한다. 체화된 그때의 시간이 여전히 작동하고 있음에 울컥한 시인은 '선인장'이라는 작은 식물 앞에 멈춰 서서 지난 시간과 현재의 시간을 넘나들고 있는 자신과 마주하고 있다. 그러나 작품 '백일홍'에서 서정적 자아가 껴안고 있는 것은 한층 유연해진 현재적 삶이 모습이다. 여전히 '살아온 날 여며보면/ 자꾸만 눈물자국으로만 번'지는 것을 안다. 어쩔 수 없어 하면서도 한편으로 '살아갈 날 슬며시 훔쳐보면/ 세상은 온통 떨림의 소리뿐,'이다. 그러나 '쉬지 않고 흐르는 눈물'의 여정에도 사막의 햇살 보듬어 꽃

을 피웠' 음을 모르지 않는다. '알록달록/ 예쁘다// 고만고만하
게 자라/ 정답게 속삭이며// 백 일 동안/ 말갛게 웃'으며 살아
가는 '백일홍'처럼 '백일을/ 하루처럼// 부대끼며/ 살고'자 한
다는 것을 엿볼 수 있다.

3. 삶과 자연과 일상의 숨소리

그 외 '삶과 자연과 현실을 통한 시편들'을 통해 만날 수 있
는 서정적 자아는 일상의 소중함과 분주함을 그리고 여유로움
을 되찾으며 마주한다. 그것은 자신과 좀 더 가까워지기 위함
이다. 촘촘한, 삶의 적극적인 행보를 통해 일상적인 삶에 대해
스스로 질문하거나 마주하면서 현재의, 일상에 놓인 자신을 긍
정의 시선으로 둘러본다. 필요하다면 한 발 떨어지거나 적극적
으로 대상에게 다가가는 행보를 보인다. 시인은 비교적 짧은
시편이 가지고 있는 덕목을 여유롭게 차용하고 있다는 것을 대
상과 마주한 시편을 통해 파악할 수 있게 한다. 시적 대상은 대
체로 일상에서 쉽게 만날 수 있는 자연물이거나 건물이거나 풍
경이거나 생활품이다. 그 대상이 특별히 새롭지 않으며 낯선 것
도 아님에도 주저 없이 대상에게 다가가는 활달한 시인을 만난
다. 익숙한 대상이 간과할 수 있는 평범한 일상의, 그러나 결코

평범할 수 없는 어느 부분을 포착하는가 하면 그 이면에 놓인
아주 익숙한 '나' 와 '너' 의 숨소리를 낮설게 입힌다는 것이다.

　　형체를 잃어가는 것이
　　아픈 일만은 아니다

　　눌리고 비틀어지는 고통이
　　슬픔만도 아니다

　　새로운 이름으로
　　반듯하게 태어나

　　다시금 맛보는
　　또 하나의 기쁨

　　　　　　　　　　　— 「두부 –풍경 · 13」 전문

　　빙글빙글
　　돈다

세상도 빙글빙글
어지럽다

눈도, 몸도
불치병이다

　　　　　　　　　— 「선풍기 −풍경 · 26」 전문

침묵한다는 것이
쉬운 일이 아니지

한곳에 머문다는 것이
결코 놓은 일만은 아닐 거야

오늘도
말없이

이십 년째
같은 미용실의 문을 두드린다

　　　　　　　　　— 「소나무 −풍경 · 27」 전문

골목골목
어귀마다
찻집이다

만날 사람이 많다는 건 넘치는 사랑일까!
차를 마시는 일이 많다는 것은
고뇌 속에 빠진 나를 건지는 일일까, 어쩌면
쓸쓸한 너의 빈 자리를 채우는 것인지도 모른다

— 「찻집 -풍경 · 31」 전문

매일매일
너를 힘들게 한다

뜨거운 아스팔트 위를
사정없이 굴리고
따가운 햇빛 아래
홀로 세워 두었다

배부르게 먹여도
돌아서면 배고프다는

너의 투정을 눈흘기며
원망했다

요양보호사 실습 간 날,
마주칠 때마다
밥 달라는 치매 할머니의
목소리를 닮았다

— 「자동차 -풍경 · 25」 전문

시 「두부 -풍경 · 13」는 시인의 시선의 재치가 돋보이는 작품
이다. 간결하면서 함축된, 한발 다가가면 쉽게 얻어질 듯한 시
선의 깊이는 그냥 얻어진 게 아니기 때문이다. 짧은 시에서 얻
어지는 시선의 깊이와 완성도 높은 무게감이 어우러져 '두부'
라는 식재료를 다시 생각하게 하는 것은 더 쉬운 일이 아닐 것
이다. 특히 군더더기 없는 무른 대상과의 관계가 무엇보다 팽
팽하다는 것에 그 무게감을 더한다. 단지 두부일 뿐인데 원래
가졌던 '두부'의 모습은 '형체'를 잃어야만 가능하다는 것과
'눌리고 비틀어지는 고통이 슬픔'을 초래해야만 얻어지는, 그
리하여 '새로운 이름으로/ 반듯하게 태어나'는 '기쁨'이 기다

리고 있다는 것을 시인은 아주 쉽게 찾아내었다. 바다을 향해 눌리는 대상이 가진 고통과 그 고통을 수반한 채 다른 세계를 찾아내는 한순간의 반전이 가져온 '기쁨'은 예사 기쁨은 아닐 것이다. 이전과 이후가 만들어 낸 새로운 세계를 시인 스스로 단지 한순간의 '기쁨'으로만 받아들이지 않았을 것 같다는 느낌마저 드는 시이다. 외형이 가진 평범함이 내면의 세계를 고통이라는 과정을 통해 얻어지는 것이 이러할 것이다.

작품 「선풍기」는 한편의 짧은 시가 만들어 내는 '불치병'의 과정을 다시 들여다보게 한다. 빙글빙글 돌아야만 제 역할을 하는 선풍기의 운명을 시인은 '불치병'으로 진단했다. 선풍기 그 자체도 그러하지만 '눈도', '몸'도 불치병인 것을 '세상'도 함께 묶음으로써 완성하고 있다. 돌아가는 선풍기를 통해서 들여다본 세상은 아마도 그러할 것이라고 새삼 고개가 끄덕여지는 이유가 그것이다.

「소나무 -풍경 · 27」이 만들어 낸 미덕은 '한자리에 붙박이로 있다는 것이 어디 쉬운 일인가'에 대해 고개가 끄덕여지는 작품이다. 살면서 한자리를 지킨다는 것은 결코 쉬운 일이 아님을 알기에 그 대상이 무엇이든 시선을 주기에 충분하다. '소나무'의 존재는 우리나라에서 매우 친근한, 소중한 나무이다. 그 소나무의 꿋꿋함을 '이십 년째' 제 자리를 지키고 있는 '미용실'에 두고 있는 시인의 소박한 재치가 돋보이는 이

유이다.

　진명희 시인의 작품이 주는 특질은 군더더기 없다는 것과 간결하면서도 강한 메시지 전달이 주는 무게감에 있다. 시인이 가진 시적 특질은 세지도 강하지도 여리지도 않다는 것에 있다. 그 어떤 특별한 장치를 하지 않는다는 것, 작품 전반에 걸쳐 자신과 정면으로 맞닥뜨리는 선명함을 통해 오히려 시적 자아, 그리고 주변적 요소와 상호작용으로 얻어지는 미덕이 무엇인가 생각하게 한다. 시편 곳곳에서 대상과 호흡하면서 매우 친숙하게 엮인다는 느낌 또한 그렇다.